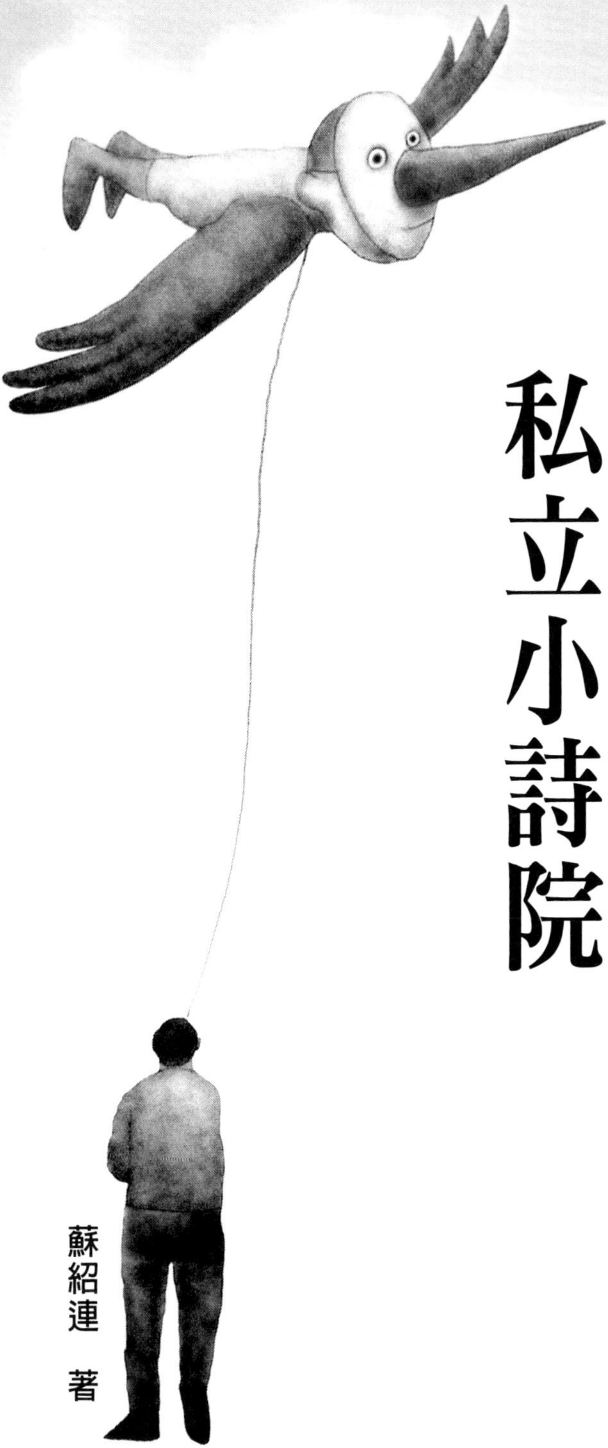

私立小詩院

蘇紹連　著

序　私領域裡的詩領域

蕭蕭

蘇紹連是我衷心喜愛的詩人，喜愛他的詩，也喜愛他的人。有些詩人作品精彩，人卻讓朋友難以恭維；有些詩人做人做事成功，詩卻不好下口，無法卒讀。紹連，是我遇到過最精簡的人，小學、中學、師範學校，畢業學成後，進入家鄉的小學當老師，直到退休，一輩子在校園，一輩子在沙鹿，不曾遠離；往來的對象單純到只有三類人：小學生，教師同事，寫詩卻不一定謀面、謀面也不一定交談、交談更是淺淺淡淡的詩友。他的生活削減到這種程度，所以，他可以全身全心全力，凝神於「詩」。人，精簡如此，相對的，詩的豐富、多變，當然要精彩到「出人意外」之後又能「入人意中」。

在我心中，蘇紹連等同於周夢蝶、等同於莊周。

這個夢蝶跟那個莊周，都是我打從內心深處徹頭徹尾喜歡的人。而且我深深懷疑（其實也可以說是深深相信）這個夢蝶其實就是那個莊周，只因為不同的時代，所以有著不同的樣貌，骨子裡、神髓上，他們應該是同一個人，而我，蕭蕭，應該是站在遠遠的地方，畢恭畢敬執弟子之禮的那個小徒弟。

四十年前，讀大學的時候，我就常站在台北市武昌街口明星咖啡館前、周夢蝶的書攤上，翻閱他所揀選的現代性書籍，沉浸在一種自以為是的禪喜氛圍裡，彷彿那是深山、深林，周公就是那一輪來相照的明月，紅塵俗事只是淨心的流水聲，盈耳而不住心。這一站，四十年過去了！我還是就著那一輪明月，衷心喜悅天鏡一般深度的白。

四十年過去了！我認識周夢蝶的同時也認識了蘇紹連，雖然不是在周夢蝶那個景點上，雖然我不能說我是那個站在遠遠的地方，畢恭畢敬執弟子之禮的小徒弟，但，其實，彷彿可以比擬。

第一次讀蘇紹連的詩，是在陌上桑、陳恆嘉所主導的《這一代》雜誌上，那幾首詩一直震撼我，這一震，四十年了，餘震陣陣，我深深相信，永遠是青春少年兄的蘇紹連，還會震我四十年。

二十世紀七十年代，超現實主義撼動我們心靈的時候，蘇紹連《茫茫集》、《河悲》裡的作品，已經出現，而且是唯一可以跟前輩詩人相抗衡、相頡頏的青年詩人；何況還要加上《驚心散文詩》、《隱形或者變形》這種散文詩的攻頂之作。蘇紹連詩作的高度已經屬於台灣海拔三千公尺的高山群了！

近二十年，以蘇紹連這樣的詩學高度，他又俯身探詢《台灣鄉鎮小孩》，相信《草木有情》，貼近今日台灣現實。因此，最近推出他的小詩集《私立小詩院》，從私玩物、私身體、私用品、私寵物、私食物，寫到私生活、私現象、私領域、私空間，是從最基礎、最私密、最貼身的地方寫起，是立足於現實的詠物之作，以小小的篇幅逼近物質質素之真，逼近人性情義之真，既可以讓青年詩人發現創作的奧祕，又能見證無物不可入詩，甚至於撥開超現實主義與現實主義之間的雲霾，讓所有寫詩的人都可以愉快地運用任何技巧，寫自己想寫的詩。就像〈趺坐〉這首詩：

坐在草地上
草認為我是，一座荒涼的山
坐在樹下
樹認為我是，一塊無用的石頭

不信嗎
就讓我坐在你的眼中
你果然認為我是，一滴淚水
信吧
就讓我痛痛快快的淌下來

我是山、是石頭，也可以化身為淚水，總要盡情展演自己。私領域才有真性情，蘇紹連的小詩集擴大了詩領域，讓我們隨處躺臥，隨時發現自己。

二〇〇九年春天寫於明道大學

自序　詩要私了

蘇紹連

一、

我跟你說，每天我與詩，都會有一些糾葛；詩像陽台上的藤蔓，暗中竄升一些，或曲解一些，總是令人心驚。

我不忍拿剪子去修剪，話語是茂密的、展延的，讓它自然成型反而好；可是詩在我手下，卻剪了又剪，塑了又塑，仍未能了斷與我日夜相處的關係。

詩纏著我，初始我是心甘情願的，把詩當作密友，邀它登門入室。你可以想像到的，我都做了。在情深意濃的氣氛下，我們把話語卸妝，看著文字裸裎，這是詩的隱私，不能公開發表的形式，長久為我們所深深著迷。

有時候，陽台上的盆栽騷動之因是一隻小蟲死亡了，從一片葉子的紋脈裡滑落到馬賽克磁磚上，其死亡悽怖的形狀，極為不堪入目，為了不讓詩驚嚇奪門而去，我必須為這種意象打上馬賽克。如此，保持了我與詩的寧靜。

你說，這是我在寫詩，是我纏著詩，詩是受到我非常自私的束縛。

二、

我好高興我寫了許多詩。你可以透視我家的落地窗，看到我雀躍的眼眸啄食著天空，呈現一種幸福的樣子。其實那是詩裡的cookie。

但我也好悲哀我寫了許多詩。你知道詩存在著矛盾的和衝突的時候，這樣才有張力，才能在推開落地窗的瞬間，雲湧入屋內，桌子椅子飛到遠方的夕陽下。而我仍拿著一杯牛奶佇立在原來的位置，不被分崩離析。那是因為詩裡有cookie。

我是這麼堅定的，把每首小詩植入話語的風景裡外。我說了什麼，沒人知曉，可是別人透過詩裡的Cookie，可以追蹤我，而且無所不在，使我無法避免地成為全民公敵。

只要我每寫一首詩，詩的記憶體裡就會留下cookie。cookie是詩人的個人語言風格資訊，它儲存在詩作的文字底層，自成一個小小的文字檔，用來控制詩作也是識別作者身份的戳記。

你卻說，cookie是詩的帳號及密碼，當我忘記了它，就進不了自己的詩作。詩有私的權利，卻也非我所能禁臠。是這樣嗎？

三、

詩人，私下豢養小詩，並非傳聞。豢養小詩，需要靠緣分及不傳自來的靈感，詩人與有緣的小詩會自行聚合在一起過著生活，紙片上、桌曆背面、書頁空白處等等都有小詩的身影。

你悄聲說，小詩雖然無所不在，像精靈一樣可愛，但是它們需要餵食詩人自己的鮮血。所以失血過度的我形銷骨立了，像黃昏風景裡的吶喊者，也嚇不走盤旋在我頭上黑雲般的烏鴉群。

好幾年來，我豢養的無數小詩時常在夜裡現身，安靜地啄著桌上的檯燈，在逆光裡顯影，小詩透明的膚肉內層，生命的肢骨細節歷歷可見，沒有長大，仍是那麼的小，那麼的脆弱。

注視著小詩們逐漸陌生化，我真的需要哭泣啊。凡是陌生化的，就會變形，一張臉或一幅風景全都扭曲，一個語句或一個節奏也全都異動。最後的責任是，我的語言羅織小詩的新衣。

二〇〇九年，建立一座小詩院，終生棲息。在院內，小詩密謀集會，宣告：「詩人迴避；詩要私了。」而我早就在院外變身為一盞盞路燈，亮著生命離去。

輯一

私玩物

輯一

私生活

輯二

私身體

輯四

私用品

輯五

私空間

輯六

私寵物

輯七

私食物

輯八

私人像

輯九

私領域

輯十

私現象

輯一

私玩物（十六首）

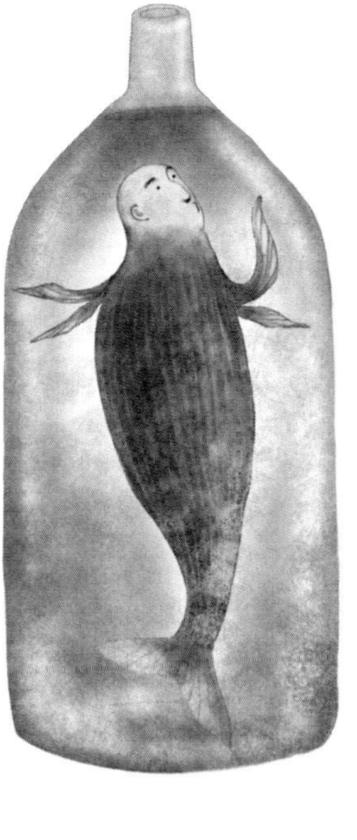

鉛筆

黑色的蚯蚓在稿紙上
一格子一格子
鑽鑿
翻出的泥土叫做字
字是牠的沉默語言
說盡則亡

吉他

好深的喉嚨
聲帶是一架長長的梯子
井中的水蛭
一隻一隻的在梯子上
攀爬
滑　　落

針

四面八方來的眼睛
都聚集在一點
目擊

地平線辛苦的在
山脈裡面穿

越

手電筒一

你用一隻眼睛看光明
一隻眼睛看黑暗
而在黑暗中的我們一直找著
也找不到你那一隻看光明的眼睛

手電筒二

你用一隻眼睛看黑暗
被你看到的地方變為光明

我有兩隻眼睛
卻要由一隻眼睛的你帶路

瓶子

擠公車時發現到的
一個男子
只有一條腿
站在兩列座椅間的走道上
搖搖晃晃，仍支撐著透明的自己

鋼琴

墓園裡
一群穿黑色禮服的人
正在舉行喪禮，手中捧著白花

雨的手指
打濕了黑色禮服
也敲落了白花

鎖

一個遙遠的謠言
它就懸掛在那裡
除非解開它
我請求上帝把我打造成一支鑰匙

風箏

一心嚮往自由的囚犯
愈接近天空
繫身的繩索愈緊

要死，也要死在風中

風箱

可以看見他的肋骨和垂在下面的胃袋
因為呼吸和飢餓而收縮與擴張

他發出的聲音
在風中流傳

火柴

他在她身上摩擦，做愛
有了愛的火花
他看見光明
他看見最小的世界
甘願讓自己的身體燒成灰燼

魚缸

這本厚厚的百科全書
我正以眼睛在裡面游動

一些文字
一些圖片
無非是一些假景

拼圖玩具

終於結合
這些愛情碎片
原來浮現的
是預設中的你

重新再來的愛情仍然千篇一律

變焦鏡頭

把一生走過的路拉到模糊的後方
只留
現在的
一張臉在前方
搖搖晃晃
眼睛看不見自己的眼淚，前方看不見後方

槳

浮在黑夜裡的床
變成了一艘船
離開樓房
隨著時間漂流

向遠方的夢漂流
沉睡的
手
擱在胸膛上
那是一支槳

閃亮的金幣

貧窮在這裡紮營
趁著黑夜
向四處搜集靈魂的錢幣
但是忘了抬頭
瞧瞧，熠熠的星星

輯二

私生活（二十二首）

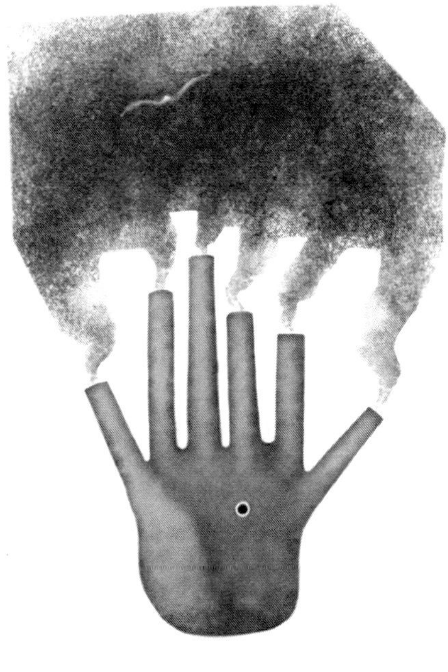

冬夜

桌上凌亂的書
沒有一本不是被翻閱過的
風聲雨聲
夜的耳朵
聆聽一個人讀著歷史

沒有一絲風

慵懶和死寂的海邊
每一個人
都像

一隻小小的梭魚
雙眼已爆出來了
仍被
懸掛在半空中

淋浴

在雨中的一塊石頭
焦慮的望著天空
想用自己的
身體，填
補天上的一個缺口

在雨中路過的人
從未發覺
它是唯一清醒著的感官

焚香

一個細胞接一個細胞
都化為紅色的
星火
從指尖飛出去
飛出去化為青煙
你仰頭望著自己伸直的食指
指向遙遠的夜空

踱步

不是腳的問題
而是空間的問題

空間何其小！
不，是頭腦的問題

一個小小的問題
像石磨不斷的來回運轉

日光浴

塗抹烤肉醬時，要均勻
火不要太大
要記得翻面
兩邊都燒烤

等煎黃後
這些男女的身體末端會悄悄消失

奉獻

摸索著自己凹陷的胸口
只因饑餓
掏了幾世紀那麼久
只因饑餓
才從胸口掏出一顆心放入自己的嘴內

喧譁

這時候，我為追求安靜
會一直往後退縮而去
火車載著人群快速的前進
我一直退到消失以後
不進與不退的
就是　安靜

年齡

海邊的鐵絲網
防衛著
一根一根白色的頭髮
一根一根白色的頭髮
在秋風裡
在月光下
變成偷渡客

包袱

這是一個愚蠢的問題
在女孩隨身披掛肩上的
小背袋裡
還有一些昨天的事
沒掏出來丟掉

企圖

企圖換另一種生活模式，三十歲的時候
企圖把可居住的世界組織起來，四十歲的時候
企圖用莫爾斯電碼節律去猛擊地球，五十歲的時候

我，活下去的理由是我偶爾還會傷風感冒
我偶爾還會撕一張日曆包著自己的痰

與生命散步

今天最重要的工作是影印我的腳印
將微笑傳到十根腳趾頭，只是腳拇趾不微笑

膝蓋對我說話的聲音愈來愈高
腳步縮小，土地縮小，我跨過空白的空間

我受不了噪音，就讓鞋子留下來工作
赤足先走，腳底流的血找到了生活的出口

沐浴

今天的疲累太多太長
我就扭開水龍頭，讓時間流出
讓時間流得滿滿一浴缸
全身浸泡在時間裡，皮膚開始起變化

神經私下傳遞耳語，讓時間異常慌亂
我伸手扭緊懸掛在黑夜的水龍頭
但它已鬆弛，時間一滴又一滴滑落
太多太長的生命如此滲失

生活

早晨的空氣充滿嬰兒的味道
每一件衣服都在提醒我過什麼樣生活
中午，非常乾淨的木桌上躺著一枝鬱金香
我看著自己的鞋子在大廳裡踱步
我總是忘記曾被溫暖的陽光說服要活下去
但是我不在乎，這樣安靜的夜晚

寫詩

喜歡寫詩，是生活中的不幸

以一個星期為單位
一年五十二個單位
竟然都是那些龐大的公噸公里在生活中輪替

詩，變得愈來愈沉重

為了寫詩

他為了寫詩，若寫錯了一個字
正確的字瞬時從眼裡隨淚水落下來

他為了寫詩，時間常是沒有出口
完全關閉在自己的回憶裡

他為了寫詩，夢要從睡眠中飛過
醒來時頭髮像枕上的一幅水墨

因此，他還是為了寫詩
身體攤在稿紙上，一個字一個字填入

觀夜一

找兩顆天上的星星來做為我的眼睛
當星星溶化成淚水
找人間中的兩盞燈來做為我的眼睛
當燈火熄滅成灰燼
我把自己掛在黑夜的高處
和許多失去眼睛的靈魂一起羅列

觀夜二

你不可能把腳踩在天空上
鞋子是翅膀的時候

發現月亮可能是你的臉
東方到西方有一行長長的腳印

而你，你是牽著我的手一起走的
你在天上嗎？為什麼我還在地下？

生活的洞

黎明把黑夜收走了，我會要求留下一個字：星
放在生活的洞中；星的光芒會刺穿洞的黑暗
讓人類看見生活原本是一首詩篇

隱匿的比喻充滿在詩篇的裡面
我得濃縮我的身體
才能進入
把「星」這個字藏在某一詩句
讓詩有光芒

中秋夜海灘轟趴記

月光在海上臨摹
影子的波浪書法
我們的身體從水光裡
浮起，如一群嬉戲的墨汁
假扮魚形，蝦形，貝形，珊瑚形……
組成暗夜中的一幅狂草
在潮汐間懸掛
月光的筆跡凌亂
沙灘上的唐朝
把我們的影子都象形了

過夜

起初以為今天是昨天的觸鬚的延伸
原來黑夜往回流，流回夢的源頭

你用什麼觸鬚試探我？
我睡在夢的湖底，你用什麼撈起我？

起初以為今天的網會把明天網住
原來明天不是魚，不會在你心中游來游去

望春

年輪留在我的身體裡面
你想呼喚春天來為我運轉
但我不可能再青春了

我的倒影已是一棵枯木

你哭吧，淚像春雨一樣也好
把我的身體加速地溶入倒影裡

輯三

私身體（二十三首）

腳趾頭

撫著腳趾頭
加以揉搓

管他鞋櫃底下
那雙遺忘多年的布鞋
已變成老鼠的窩

十根腳趾像幼鼠

疤痕

留在皮膚上的戰場遺址
有屋簷
　厚牆
　拱廊
烏鴉亂飛，小白花偶爾開了一兩朵

舌頭

在雨中
淋濕的，在煙霧中
迷失

放在紅色的爐火旁

烤熟的兩隻魷魚
縮回各自的巢穴裡

爪子

——皮膚思想之一

除了牢牢抓住自己的生活外
不會像樹的枝椏去抓天空，那樣太虛無
你還要抓住別人的生命和死亡

刺

——皮膚思想之二

正面是攻擊，反面是防衛
真理是這樣尖銳的東西

不小心，還會傷了自己

蹄子

——皮膚思想之三

測其硬度，試其彈性
生命的長短卻不可測試
你總是把自己的生命踩在眾人的下面

羽毛

——皮膚思想之四

你讓想像力能夠飛翔
但掉落時太輕，沒有一點聲響
生命的想像應重如泰山，轟然崩塌

鱗片

——皮膚思想之五

一層一層一環一環疊起來的護身甲
在歷經無數人生的戰役後
自我褪去，讓靈魂皮開肉綻

毛髮

——皮膚思想之六

在生命的感覺末梢，常被感情觸動
讓你生不如死的在風中呼喊
這麼煩惱，不如求法師為你剃度

雀斑

和自己同年同月同日生的星座
青春期才為它命了名
為它批了八字

竟然是和自己同名
也同年同月同日死

眉毛

它不能看，不能聽，不能聞
一生到此

終將結束之前
它發出了信號：喜、怒、哀、憂

下巴

文章的最後一段
要恰到好處
太長是拖泥帶水
太短是匆促脫逃
光滑則鏗鏘有力
長鬚則餘韻無窮

渦旋紋

——指紋之一

我想從自己的世界中心走出去
於是，迴繞自己的一條路
把我帶往世界的邊緣
放逐

圓圈紋

——指紋之二

當生活的箭射向我時
我是豎立在世界前方的一張靶

射中與射不中
決定我一生的命運

拱形紋

——指紋之三

凸出的土地，反過來就是凹入的天空
我是倒立的風景，在人間行走

天和地交換時
我不知該進還是該退？

血液

——小海洋之一

紅色的　海洋
有椰子樹的　影子
白色沙灘　末端
有棲息的　鳥
潮流交換　耳語。我默默的返鄉

尿液
——小海洋之二

黑色的　岩礁上
有月光　閃爍
海水　下意識的
在醫療自己的　流向
波浪　一無所知。我默默的返鄉

淚液

——小海洋之三

海洋，因為　痛苦
縮小　　成湖
湖，因為　思念
縮小　成一滴水
從藍天　滴落下來。我默默的返鄉

汗液

——小海洋之四

海水的　　語言
留在沙灘上的　貝殼裡
陽光想和它　對話
它忍住　　不語
忍住的語言　結成了鹽。我默默的返鄉

翅膀

他載運身體
卻被思想載運

他上下拍動
拒絕墜落

思想只有前進
沒有退後

肺

為了讓一句話能順利誕生
我們進到牢裡
努力的
移動空氣
話的頭和手和腳也在拼命的掙扎

指甲屑

血管細細的河流中
也是
透明的原子筆管中
油墨的藍色思維漸漸下沉
從微血管末端
滲出
成為一行行文字

為什麼我不知道這些來自我的身體
是我剪落在稿紙上的
指甲屑

唇的印象

我看著妳的唇離開了妳的臉
飄浮在半空中
像隻上了紅漆的蝙蝠

我開始倒垂懸掛
等待：黑色夜晚降臨在我的脖子上

輯四

私用品（二十首）

枕頭

夢的發源地

需要一顆頭顱來祭拜
最好加一些鮮花素果

領帶

長錯位置的尾巴
也算是後現代
回頭想咬住自己尾巴的動物
都是
白領階級，微凸的小腹

絲襪

以密密的鐵絲網
圍起妳的領土

但是，仍會被敵人偵測到
妳的軍營陣地
血　管　擴　張

黑皮鞋

冬夜裡兩隻瑟縮的黑貓
蹲在門口摸索著言辭

如何說
才能讓屋裡的主人知道
牠們是冷得想進去依偎主人的雙腳

皮椅

後來，他身上只有感官的影子
像一隻
沒有舌、耳、鼻
的動物
甚至被下咒成一種擁抱人群的姿勢

螢幕

在它的框架裡，世界才會存在
它是所有感官的子宮

孕育著
讓另類的下一代誕生

手稿

上頁，有你的腦波律動
當風涼颼颼的吹過
輕輕掠起
下頁有你的心跳頻率

髮捲

頭腦上面原本平靜的海
只因潛艇潛入

規則或不規則的方式前進
都會使每一道浪
翻滾
打轉

吹風機

喉嚨燒紅後
語言是熱烘烘的
一句一句不斷送出來的語言
讓我耳朵溫熱
髮絲
飄來傾聽

定型液

時間停止
在空中飛的，不飛
在地上生長的，不生長
唯有進入第四空間去解除
咒語

髮膠

不黏不膩
有一些感情就好

感情放得太多就像摻了水泥
凝固後
糾纏不清的思維
都無法梳理

吊床

一片粉紅色的羽扇長豆莢
裡面的豆子沉睡已久
想要翻身，真的想要
翻身

護目鏡

琥珀色的空間裡
有一條發光的河

河堤上
橋墩下
女人長髮在飄，背影下沉
天空的臉悲愴。全被隔絕不見

帳篷

進入一盞燈
裡面發光發熱
外面是無數無數黑夜的飛蛾

為給飛蛾找到光
我將掀開自己生命的窗口

玻璃皿

是腦，有多少思考
是心，有多少感情
完全透明
任你觀測
　　檢驗
只是無法選擇你把我倒入什麼，倒出什麼

鈕扣

棲息在領子下的第二顆鈕扣
年齡約四十歲出頭
它不想再扣住歲月了
它也不想在領帶與風的邀約下
舞動。它只想以鬆綁的一條絲線

懸掛自己在胸膛前擺盪
讓自己不知在何時何地掉落而消失

空椅子

我一個人坐在一堆空椅子中
我一個人坐在一堆寂寞中

空椅子和寂寞交錯的結構
是詩的生活形式

溫柔的外衣

人類的皮膚是一面牆壁
為了愛
粉刷水泥漆以後

忘了
牆角
有一撮體毛未剃淨

禮物
——給家鄉的小孩

我沒什麼送給你
我只用我的手牽著你
我的手是一件微薄的禮物

你願意接受嗎
小時候牽著的手
現在它仍然是一件好禮物

如果你感覺我的手之無力與枯槁
請你要緊緊握住

日曆

日曆：十一日。衣架上你的衫褲潮濕
盼望著陽光會從雲端露出。我撕下一張日曆
日曆：十九日。郵差騎著摩托車駛過
門外落空的信箱在吶喊。我撕下一張日曆
日曆：二十五日。藥包裡顏色不一的藥丸數顆
仍然躺在桌上那杯水的旁邊。我撕下一張日曆
我撕下最後一張日曆，覆蓋在自己緊閉著雙眼的臉上
日曆：三十一日。今天你會來得及看我嗎

輯五

私空間（十五首）

鐵窗

說不出來
我只能搖頭
黑色的髮絲，搖撼著黑色的夜

多年以後
白色的髮絲，搖撼著黎明

煙囪

隨著每一次呼吸
時時在死亡

那一隻沉默的鼻子，無言的
嗅到天空死亡的味道

帘幔

和光線發生關係
因此陰影就來了

外面看著裡面
裡面看著外面
妳懷了孕的身體越來越腫脹

狹窄走道

必須把自己摺疊後
再搓成一枝鉛筆
才可在書頁上的每一行文字間移動
只要遇到想要的句子
就　重　重　的
劃
下
痕
跡

百葉窗

平行的感情，一層一層的上升
分割風景的領域，丈量風景和風景間的空隙
淚像一條藤蔓將風景串連

不平行的感情，交錯糾結成一團
風景重疊，風景不能呼吸，風景沒有空間
淚像一把剪子將風景剪開

彩繪玻璃

光，為空間染色，為時間染色
來自遙遠的光，降臨在我的腳趾尖和手指尖
我像孔雀展開羽毛，像詩一樣美

為我的眼睛染色，綠的眼睛
　　　　紅的眼睛
　　　　藍的眼睛
　　　　黃的眼睛
　　　　一齊含著淚光

淚光在生命的尖端閃爍
我的身體像黑暗的地下室向上仰望

陳列架

你習慣用詩的分行形式
排列那高高低低不怎麼整齊的感情
上面放情書
　　中間放相片
　　　　下面放遺書
我含淚抽取你上面的情愫
　　中間的回憶
　　　　下面的遺腹子

空調送風聲

攀附在樓房天花板上的一隻怪獸
牠的呼吸一旦消失
我們該信仰什麼

桌上擁抱著假寐的兩枝玫瑰花
頓然萎落

交通噪音

白天，來來去去的光和影
通過了任何牆壁

樓房和樓房之間
等於男人和男人之間
交錯站立在都市的各個角落。決鬥

電腦鍵盤聲

為了行動
骨頭在撞擊自己的肉身

使肉身長出
翅膀，生出爪子
思想成為猛獸
在螢幕上咆哮

洗手間滴水聲

最快是瞬間。愛嗎？
最遲是永恆

愛，在靜夜擊打孤獨的心
心是一面鼓
放在最隱密的深處

上下樓梯腳步聲

潮濕的黑色岩石邊緣
一棵藤蔓的觸鬚
旋轉，扭曲。不安的探索
傾斜四十五度向上
傾斜負四十五度向下

病房

病房一室昏暗
白衣護士
倉皇進來
倉皇離去

我眼中看見短暫的
一片陽光
白皙耀眼

但是
我的生命跳過了這一天
沒有這一天活過的記錄

斜梯之斜

日光刻畫的階梯
下去。右轉。下去。右轉。下去

牆壁的陰影被油漆工人
刷成白色。白色的刷子滴著白色的淚

我的兩隻不對稱的布鞋一步步上階梯
帶著童年；帶著青春的日子

窟

台灣有千千萬萬窟
我關在其中一窟
　　我被黑暗捕獲
台灣的上空原本是一個窗戶
現在是一支巨大的黑傘
從此不見藍天
　　我被黑暗侵蝕
之後，台灣是一個大窟
我在窟中哭；雨水在傘上哭

輯六

私寵物（十五首）

鼠

嘴巴吱吱的背著狄克生成語
然後再做一回又一回的成果測驗

母親打開房門
床中央
他面朝上仰臥
尾巴顫抖

紅雀

不知其顏色
不知其聲音

冬ㄟ天的太陽是天空的心臟
在病房的窗玻璃上
撞擊

鱷魚

床鋪在移動
趴在床鋪上的裸體男人
等待著女人
夢像沼澤一樣深

企鵝

從小緊貼著父母溫暖的腹部
因為不夠高
必須站在父母的腳上
天空緊貼著海洋
牠們才能生存

鸚鵡

在生活的複雜言語當中
刀片一樣的聲音
把空氣的臉劃出傷痕

磨出這麼銳利刀片的
是誰的唇？

鴿子

他們在廣場上
交換了故事
結局，由別人決定與更改
天空，由雨水決定下墜的時間

蜘蛛

蜘蛛汲水去了
空網的結構變成塔形天窗
那是靈魂可以離去的地方
蜘蛛汲水去了
空網上沒有什麼監視行動
靈魂就偷偷的離去
而投落在水上的網影
不必有一個黑色中心
卻有一圈圈逐漸擴散的漣漪
是蜘蛛落入水中；不是靈魂嗎

草葉蟲子

我躺在一片草葉裡

天空，躺在地球上

我們都是如此活著。在風中搖擺的草葉
草葉的綠啊，漸漸搖擺成枯黃。地球，旋轉著
向著太陽苦命的旋轉啊。天空，暈眩了

天空與我都是如此活著

詠白蛇

（一）白

千年之前他們盤踞在一起阻擋了其它顏色的進入
而在千年之後才發現他們不過是一塊黑色的岩石

（二）蛇

這條漫漫長夜竟然蜿蜒至我家後院隱藏式的抽屜裡
我拉開時也抽出一張衛生紙擦拭著不斷流血的舌頭

獼猴情

我的腳已被時間的捕獸夾夾住
再也走不到收容所見妳了

他們的麻醉槍不會出現笑聲
枝椏下的鍬鑊也同樣沉默

只有我一絲一絲的呻吟
震動著人間的荒地之床

祈求他們帶回妳一雙無邪的眼睛
能看著我被時間的籠子運到天堂

貓

灰色的泥沼裡一片日光
夜來臨以後，是一片月光
其實是一隻女人的眼睛
讓人深陷
難以自拔
在灰色的泥沼裡

攀木蜥蜴

木質條紋是美麗的，階梯
木質格子是美麗的，相框
木質生活是溫柔的，情緒
木質書籍是溫柔的，慰藉

攀在木質風景上端的
是一名青澀的少年

刺蝟

牠畏縮像落日在地球邊緣
倏忽沉入一個移行的
黑色洞穴裡

牠頻頻探出的鼻子
或許是對天空的
吶喊

蟬

總是被認為該離去了
收拾一下衣物
才發現晾在身外的
死亡

形容了
自己的美

送行自己
沉默的離去

人頭蒼蠅

驥，遠於你們的距離
飛，無形的飛

驥大於桌面小於椅腳
驥小於針孔大於碗口
這樣飛馳

只留尾巴予以你們攀附
你們，你悶

嗡嗡，嗯嗯
嗯嗯，嗡嗡

輯七

私食物（十四首）

三明治

上唇和下唇之間緊緊咬住的
應該有一些

極具內涵的語言
蛋黃的意象語，是吧
肉鬆的象徵語，是吧

果汁

在吸管中，努力想著自己
以前肥胖臃腫的模樣
以前肥胖臃腫的模樣
以前肥胖臃腫的模樣
以前肥胖臃腫的模樣
以前肥胖臃腫的模樣

只有通過吸管，才能體會瘦的美妙

鹽

溶入身體裡面有限的水中
才想起故鄉是浩瀚的大海

當年以海浪的方式
一波一波的
移民到陸地上

花生湯

在土地上奮鬥的日子
人們是腳印

我們是被剝開的身體
在熱呼呼的溫泉裡漂浮

布丁

黃土高原上的月光
以湯匙的形式
降臨

夢般的瀑布，隨之傾瀉

方糖

入浴以後
全身在水中分解
隱沒的細胞失去組合器官的能力
被撈起的毛巾
還滴著大量的淚水

鳳梨罐頭

低氣壓降臨時
它爆的一聲
打開了自己

它的體內是一頭被支解的靈魂

果醬

玻璃罐子一樣透明的頭顱裡
裝滿了
紅色的草莓
紫色的葡萄
我用銀製湯匙舀出腦漿
塗在土司上

麵包

愛情過期太久，如同已經腐化的麵包
午後醒來，我終於習慣了那種味道
麵包的屍體裝入深綠色的垃圾袋裡
放掃帚的櫃子旁，有一群螞蟻在會議
討論怎樣和蟑螂爭風吃醋

醬菜

年紀一大把，還擁有嬌嫩的身段
只是皮膚的皺紋讓人想起
乾涸的河流

河床上
蜉蝣浮游
無油，只有醬油
就全被淹死在
皮層底下

奶油酥餅

鏡中的臉頰又圓了
她開始招著，攪拌著
笑容的形狀

能酥能軟
不露牙齒
不嘟雙唇
掩含可能流洩的甜蜜

荷包蛋

荷葉搖曳，一列風景在
包裝紙上移動，水面漂浮的
蛋殼像船，同時經過

蛋殼擱淺，裡面空無
包裝紙透明了，雪白的
荷葉休憩了，風景相擁而睡

杏仁茶

聽聞男性用南杏泡的茶最宜潤肺
潤肺可以使女性肌膚潤澤明亮

肺臟管了身體的皮毛
還與大腸暗通款曲
潤了上半身也潤了下半身
對治療愛情的便祕有幫助

當女性有秋燥症狀時懶洋洋地喝
男性要含一顆苦澀的北杏治療
吐出喉頭的痰

豆腐乳

小時候的早餐，桌上碟子裡
只有一塊豆腐乳
大家用筷子各挖一點點

放入稀飯裡，就可溶出
豆豉、糖米、酒、胡麻油
以及一整天的溫飽

每天早晨，那一塊豆腐乳
仍是母親的乳房一樣

輯八

私人像（十七首）

海倫凱勒

用手
去分辨收音機上播放的不同音樂
用鼻子
去凝視大自然色彩的變化

至於跪著的雙腳
是用來為人類唸祈禱文

楊英風

不鏽鋼鏡面上的天空雲霞皆以圓形環繞於無聲的眼睛之內
你坐於眼睛中心伸出雙手至圓形的宇宙邊際擁攬環境入懷
懷中飛出一隻鳳凰在熊熊烈焰中冷卻一切情感的意象
意象降於不鏽鋼鏡面上復活遂映出你如天如地的容貌
宇宙風景進入你的容貌裡
你的容貌進入宇宙風景裡
你回歸太初
以鳳凰之姿

施咒者

——巫師之一

一直有一張嘴巴，自遠而近的貼過來
浮在半空中
　　　　從左側
　　　　右側
　　　　背後
要是回頭看它，它就伸出舌頭舔你

魔法師

——巫師之二

從螢光幕中出來的
從眼睛出來
從背影裡出來的
從手指尖出來
這些閃電，擊中了在驚逃中的靈感

巫毒術士

——巫師之三

潛在水底的指甲
　　藏在風中的毛髮
躲在指甲中的血
　　覆在毛髮下的智慧
這些，主要的信條是保守祕密

石像

每天，時間淋在他的身上
他仍不改變他的姿勢
　　傾斜的臉
　彎曲的手
還有長駐的表情
刻在腳底下的生平事跡，仍從
時
間
中
不甘被遺忘的，一字一字的顯露出來

沉思的胴體

不會言語的一隻瓜，脖子伸得長長的
只是傾斜，只是托不住下墜的頭顱

下巴，不願出聲音
小腹，不願成為風景

她弓起雙腳，如一枚別針
她閉著眼睛，如一把收束的小扇

不會言語的一隻瓜，把生命放入思考中
一具人體放入一個框框中

人體畫一幀

黑色的炭筆
在灰色水泥地上或躺或坐
離去後，留下三條柔美的曲線
背痕、臀痕、腿痕

原來是淡淡的
黎明痕跡

露天咖啡女郎

她把左眼夾在行道樹和咖啡店之間
葉子已冷　一滴一滴的飄落
灰色桌巾和天空之間
玫瑰花形如落寞的臉

方塊玻璃窗框是心情的稿紙
想要一格一格的書寫
雨水的字跡卻模糊了　透明了
她伸手把左眼壓在傷心的帽子底下

人啊

有幾根線拉著人的身體
一根是情
一根是名
一根是利
一根是……

唉，人啊
我應該休息在兩字之間
一字是醒
一字是醉

詩人

人偏離生活，才想抓住詩
直立或歪斜的樹
其影子總是和土地不平行
現實或非現實的人
其詩總是和思想不一致
人偏離了思想，詩才是最精彩的

星星王子

紫色的就在下午，黃色的就在上午
時光的輪子倒著轉，年輪也倒著轉
一個孤獨的小孩從黑色的夜裡爬出來

富貴的就在天上，貧窮的就在地上
其餘的分散給風去施捨
在天與地之間，一個老人施捨了自己的所有

從黑夜裡爬出來的是一顆勇敢的星
它曾經是小孩，現在是老人

流浪兒

我全身都已經分散了
散置在黑夜經過的角落
我的腳趾頭和手指頭都閉著眼睛
不去看黑夜的星

不去看黑夜將往哪裡去
看了會流淚。腳趾頭的眼睛
手指頭的眼睛都一樣會哭
只等天亮，它們就和全身一起回來

聽障人

耳朵是聲音的站牌
夕陽，把耳朵的影子拉長
微弱的呼喚的聲音來了
讓我搭往，故鄉

聲音是空蕩蕩的公車
車燈，把耳朵的影子推到很遠的地方
卻聽不到微弱的呼喚的
讓我流淚的，故鄉

生卒不詳

這樣的一個人
不居住在自己的歷史裡
偏偏放逐於歷史之外
而死在我們的歷史課本上

讀著他，用淚水沖洗他不清楚的
和我們一樣悲哀的面貌
天天讀著他，我的皮膚的殼
也裝著他，他在我的生命裡

夾死在歷史課本裡的一隻蝴蝶
生卒不詳

卡車司機

他車窗裡的臉龐穿越雲層
他腳踩踏著一條公路的呼吸
他速度了肌肉和血液
他問候及微微吻著一個鄉鎮
他的前方有一種笑容
他急遽地駛抵城市的喉嚨裡
他是在夜間可以交會的燈光

攝影師

他看見這世界
光影橫行，難以相處

光影直行
一點趣味都沒有

光影斜行，咔嚓
咔嚓又是一聲之後

時間凝結了光影的行走

輯九

私領域（十六首）

海域

那是一個可以夢遊的地方
腳在天上行走
手在水底潛泳

翻過身
把夢擠落到很深很深的床下

海岸

腰圍愈來愈粗了
坑坑洞洞的皮帶
必須再鑿孔
才能把海一樣寬大的褲子繫在身上

沙丘

植物在此沒有語言，沒有形式，沒有意象
風吹起
文字到處翻滾
飛揚

等風停歇
我像一枝筆在文字的上面走出一行詩

窗外

一本日曆手冊
翻開在九月
秋天的林木排列在山坡草原上

翻到十一月
一匹瘦馬從林木中緩緩歸來

地圖

出發前
有人洗臉
五官全落在臉盆中
這時抬起頭來面向鏡子
鏡中的臉龐上
有一條清晰可見的路

足跡

我怕，像雨一樣
走得太急

濕成一片的路面

和妳的臉一樣
淚水一滴滴的趕路

黃昏色調

在一頂寬大的草帽底下
左眼是紅玫瑰
右眼是黑玫瑰
鼻子是立體的皺摺陰影，哦女人

噴泉

埋藏太久的水般的語言
說出以後
大地把它化為文字
一行一行寫向河流
寫向大海

漩渦

在時光中啊
日夜輪迴旋轉
四季輪迴旋轉
世代輪迴旋轉

每個人的生命終將被時光所吞噬，而無蹤影

天空

妳說妳擁有自己的一片天空
為了愛妳
我把妳的天空深深的吸入胸中
讓日與夜在胸中的交替
變成
愛與不愛的折磨
太陽是我胸中的血
月亮是我胸中的痰

曙光

夜本身就是世界上最大的影子
鷹
從影子裡面飛出去
在白天的眼睛中
展現
翱翔之姿

疾走

在我們的周圍
生命移動的形式
如同窗外的一群失去燈光的夜色
他們手牽著手
急速的離開我們

遷徙

皮膚上的疹子是一群上千隻的羊
從胸部的山巒慢慢往股部的谷地

想要做愛

那群羊已先抵達
並吃去了綿密的嫩草

湖

睡著的手，像嬰兒
嬰兒的睫毛底下閉著的湖
在深山中，被森林環繞

霧在湖上行駛，如黑色的鵝游過
開啟了一絲從天際投射下來的光
那是上帝的手，即將醒過來的手

草地

秋天
有一部分的我漸漸被風吹走
另一部分的我牢牢抓住了土地

冬天
有一部分的我失散了
另一部分的我還被稱作弟兄

那麼，就集合、訓練，以及全面的征服吧

路

路在車輪底下奔馳
到達生活的另一端才停止

這一端，路像印表機上的紙
不斷的被列印出來

路上的人和車，不許流淚
且看作紙上密密麻麻的字

輯十

私現象（二十一首）

靜電

美麗的陰離子舞動著
書頁上一個個細小的字
變成意象
迅速
飛入我的眼中
從我豎立的毛髮尖端飛出去

網路

頭部。以時速兩百九十英哩
傳送。直達腳部

東方。河床蜿蜒
山脈相連。直達西方

交錯之際
一個人釘死自己在十字路口的十字架上

地下語言

白天，他的聲音像蝙蝠一樣
掛在濕濕黏黏的咽喉裡
絕望的黑夜來臨
他張口讓聲音
飛
出

信號

以玫瑰為信物
以手為文字
我們相隔千里之遙
進行書寫接龍

生命，在空間的兩端
指尖接觸的剎那
尋找到
玫瑰的名字

位置

前面一點
上面一點
再前面一點
再上面一點
就可以看見偶像。偶像的醜陋面目

頻率

人，在熟睡的時刻
靜靜的，別吵

每秒鐘
夢的壓縮和放鬆的數量
就如天空中不眠的星星
一閃一爍

力量形式

月亮之美，可儲存
　在黎明的天空中
黎明之美啊，可轉換
　為黃昏之美
黃昏之美，可複製
　成一顆顆閃爍的星

冷冷的夜

用迴紋針夾著黑夜
然後懸掛在窗口，點上燈火

我冷，冷

體溫較低的前額和鼻尖凝結了水滴
我想翻身，為體內的骨骼重新安排位置

夢

事情於現實發生之前
已在腦子裡進行
這是夢

除了褪除的睡衣
全身都進入夢裡了

深色高領衫上的臉龐
像暗褐色卻透明的酒瓶上金色的瓶蓋
夢在裡面，是供現實開飲的

嘆息

許多類似的時刻
過去被現在複製
嘆息傳下去，唉、唉、唉……

面對歷史
嘆息有好幾磅重
要從心中吐出是多麼困難啊

決裂

桌上，有一連串狂亂
和咖啡杯爭執後，留下漬痕
咖啡杯的影子從咖啡杯身上崩潰
重重的摔落於地面
地面，一灘碎了的影子裡有一雙眼睛
凝視了幾秒後就漸漸的闔上

爭食世間

食我，必先置我於死地
置我於死地，必先誘惑我
誘惑我，必先以名以利
以名以利，人生之非常手段
非常手段，出自非常人
非常人控我敵我制我
我乃在其設下圈套中汲汲營營
汲汲營營，終我一生
終我一生，仍是一具屍體
被分解，被吞食，被消化

餘光

我是消逝的光，從圍牆的背後
從教堂的背後，從車站的背後
消逝的鐵軌延伸至黑暗的遠方

時間不斷的湧來，也不斷的消逝
我張開的雙手擋不住時間
我被時間覆蓋，淹沒

我僅僅以一點點灰燼的餘光
掙扎

寒流

空氣是固體我凝結在裡面
不流的血液仍然鮮紅，不流的
淚水仍然滾燙，至於頭顱
繼續仰望天空
至於四肢，動作不變
重複的語言亦被凝固
還有燈光和陰影亦被凝固
我不能伸展，連記憶也一樣
空氣是固體我凝結在裡面
還有這城市以及忙碌的弟兄

沉落

我沉落，落在海的深度
一樣的感情裡
你的手只是游動的魚，無聲
無息的來梭巡我的肢體

我仰起，只因距離海面太遠
無法露出去
呼吸最後一口空氣

你的手不會把我撈起
我，就這樣沉落
沉落在你的感情深底

燒焦的語言

這時代，每人一出口
都有語言燒焦的氣味

新舖的瀝青路像塗上唇膏的嘴唇
唇上有一棵黃槐的影子
不知情的
被還冒著熱煙的瀝青漸漸支解熔化了

那種燒焦的氣味讓我反身
飲下一大杯冷開水
澆熄了我尚未出口的語言

趺坐

坐在草地上
草認為我是，一座荒涼的山
坐在樹下
樹認為我是，一塊無用的石頭

不信嗎
就讓我坐在你的眼中
你果然認為我是，一滴淚水
信吧
就讓我痛痛快快的淌下來

緣故

因為風的，我剃去頭髮
因為風的，我關閉身體上的感官

不要去問風
我的身體在哪裡

※註：引用洛夫詩集名《因為風的緣故》

思想的淚水

當時間即將於歷史上罷工
思想從眼睛裡流出來
左眼要流快一些

雖然右眼瞳孔已放大
眼角尚掛著一枚思想的淚水

憂鬱

憂鬱來了，它沒有攜帶任何身分證明
我們只得數著門牌號碼來抵抗憂鬱

樹木在我們的沉默之中落著葉子
在擁擠的語言之間失去呼吸

我把一生中僅有的幾個睡眠檔案刪除了
疲憊的我，只想成為垂掛在你臂彎上的那件外套

二十歲已相當老了

二十歲已相當老了，我竟然不知道
今年嚥下二百三十多片阿斯匹靈
仍然是手擁抱著腳，逐漸萎縮的身子

二十歲已相當老了，我竟然不知道
去年終日自己擁抱自己，那副相扣的門鎖
外界的訊息輕輕敲過重重敲過啊

二十歲已相當老了，我竟然不知道
明年將要遠行隨身攜帶一口箱子
裡面放著十一歲寫的情書十九歲寫的遺書

附錄　誰的日記？誰的生活？

負離子

一、私

因為某些原因，我從來沒有養成寫日記的習慣。因此在開始詩創作一陣子之後，當我發現寫成的作品在許多意義上與日記的相似性時，我竟感到了一絲絲「一舉兩得」的驚喜。

蘇紹連這本小詩集給了人們另一種更加令人滿足的驚喜：彷彿詩人經年累月的生活片段、思想情緒、重大的或微小的觀察與詮釋，都經由一張張小巧而精緻的幻燈片投射在讀者的心裡。那是詩人私密的日記一場藝術化的公開展示。

「私」是一個值得探究的字眼。字面上的直觀理解自然是「我的」，「私人的」，詩作的取材也大約依循著這樣的方向。然而細細咀嚼集子中每一首詩，其喚起的思考和美感經驗卻往往是普遍的。也許這日記不僅僅是詩人的日記，也是現代生活的日記。也許這一百多首小詩所構築的世界不僅僅是詩人的世界，也是每一顆敏感心靈在某個時刻，曾經有意識或無意識地認知的世界。

二、企圖

詩人的職責之一，是在平凡無奇的事物中看出新的意義。透過質樸的語言和精簡的形式，這樣的詩心在這本集子裡得以盡情地揮灑。諸如〈鹽〉的「當年以海浪的方式／一波一波的／移民到陸地上」，或是〈風箏〉的「愈接近天空／繫身的繩索愈緊」，都是藉著對於事物特質的描述，進而形成關於人及其處境的隱喻。詩語言的魔力便在於此：寥寥數語，卻帶著強烈的情緒感染力。

然而我以為詩集當中最精彩的部份，卻是當詩人不再試著去形容、解釋、轉化、聯結的時候。試看〈鋼琴〉這首：

墓園裡
一群穿黑色禮服的人
正在舉行喪禮，手中捧著白花

雨的手指
打濕了黑色禮服
也敲落了白花

整首詩讀來，我們幾乎感覺不到對於鋼琴的客觀描述，僅有微弱的線索存在於「黑」、「白」、「手指」以及「敲」這四個字眼裡。然而墓園的畫面卻無法不伴隨著清冷的琴音出現在我們的腦海裡。彷彿可以看見十隻手指靈活地在琴鍵上敲擊，就像來自天上的雨，帶著龐大而無可抵抗的意志，敲擊在身著黑色禮服，手捧白花的人們心裡。相較於詩集當中詩人年少時的作品，例如〈二十歲已相當老了〉，我們清楚地看見詩的質地如何隨著年歲與智慧的增長，而逐漸趨於圓融和溫潤。我以為，這是詩人心中悲憫的厚度覆蓋了修辭的必要；這是當詩人不再執著於書寫企圖時，最誠摯最純粹的書寫。

三、生命

綜觀這本詩集，讀者當可辨出許多截然不同的味道：〈鉛筆〉與〈煙囪〉的苦澀、〈帘幔〉與〈果汁〉的詼諧、〈踱步〉與〈手電筒〉的哲思、〈花生湯〉與〈豆腐乳〉的溫暖等。而詩的語言則是一貫的節制與平實。即使在〈血液〉至〈汗液〉這一組的躍動意象裡，我們也讀得到一種簡約明朗，不耽溺，不尚華麗的文字風格。詩人對於其創作態度，無疑有著強烈的自覺：

除了牢牢抓住自己的生活外
不會像樹的枝椏去抓天空，那樣太虛無
你還要抓住別人的生命和死亡

〈爪子——皮膚思想之一〉

你讓想像力能夠飛翔
但掉落時太輕，沒有一點聲響
生命的想像應重如泰山，轟然崩塌

〈羽毛——皮膚思想之四〉

這其中，「抓住」和「掉落」分別暗示著詩意形成於文字，以及文字被閱讀，進而釋放出詩意的過程。僅僅是虛空地抓著，或者是如羽毛般輕巧的掉落，對於詩人來說是遠遠不夠的。生命從來就不是真空環境裡堆砌出來的詞語和想像，而是有血有肉，既美好也醜陋，既脆弱也剛強的存在。因此，閱讀蘇紹連的詩，往往像是瀏覽一張張黑白的新聞攝影，恆常讓人感受到那「轟然崩塌」的震動：

慵懶和死寂的海邊
每一個人
都像

一隻小小的梭魚
雙眼已爆出來了
仍被
懸掛在半空中

〈沒有一絲風〉

我想，如此銳利的觀察，以及對於文字慎重的態度，是很值得年輕的詩創作者學習的。

※本文作者：負離子，又名意逢，一九七二年生，處女座。任職於跨國企業的溫和左派，對小事常抱悲觀的樂觀主義者。擔任「吹鼓吹詩論壇」圖象詩版版主。

附錄

淺析《私立小詩院》裡的幾首小詩

冰夕

在閱讀蘇紹連詩人即將於二〇〇九年，付梓最新詩集《私立小詩院》出版之前，我先就個人的認知來看其近四十年的創作里程，到底在詩人的作品上完成並落實了哪些嚴苛的自我要求以及審視：他不僅結合固有文化涵養的深度，發揚嶄新的詩學創意，鑿刻攸關生活的眾象，並對現實屢屢出擊的洞見。蘇紹連詩人的作品，輕巧者如詩國身分證的萬年通行卡，重責者如承載詩國心臟血液的動脈。

《私立小詩院》詩集，共分為十輯。均以「私」為索引，命題的子目錄，計有：《私玩物、私生活、私身體、私用品、私空間、私寵物、私食物、私人像、私領域、私限象》，共一百七十多首小詩，集結成冊。

「私」與「詩」之間有雙關語的暗示，語碼符旨所徵，頗耐人玩味。詩人明知詩國山中有猛虎，卻曝「詩」與「私」兩相指涉的秘辛，若一一解讀其暗察詩國領域的根部，含筆苦根把脈，則「私」的界域中有關注社會各階層現象、時事、國體命脈的動向…等種種意圖，且不時予以醍醐灌頂的暗喻，隱含巧喻變形後的深思，將之揭露並展現在讀者眼前。

我僅就從這本《私立小詩院》詩集裡，選出幾首作品，寫出一己淺析，以分享讀者們，共同品嚐精湛、晶瑩小詩的創作藝術。諸如：

在《私生活》之〈淋浴〉八行詩：

在雨中的一塊石頭
焦慮的望著天空
想用自己的
身體，填
補天上的一個缺口

在雨中路過的人
從未發覺
它是唯一清醒著的感官

詩人以石頭自居，反映出詩人對社會或世界意欲彌補的奉獻之心。可以想見，這是在沖淨身體、心靈的沐浴中完成的構思，詩人藉由小我的淋浴，推往至大我淋浴。

在此詩首段，「想用自己的／身體，填／補天上的一個缺口」運用了倒置、變形的擬人法，折射出一股宏觀的悲憫之心，無盡淋漓的潑灑如時間之雨陣，而人們匆行往返的憾歎，又何止世上我一人的淋浴？一句「它是唯一清醒著的感官」感受到的省思，是否即為潛藏在詩人內心深處，難以啟齒的畢生志業、理想與抱負呢？

在《私玩物》之〈瓶子〉五行詩：

擠公車時發現到的
一個男子
只有一條腿
站在兩列座椅間的走道上
搖搖晃晃，仍支撐著透明的自己

身為一位詩人，不僅需要敏銳觀察自身週遭的人事物，以人本和關懷人文的精神，探討人類所處的社會大環境。〈瓶子〉這首詩，寫詩人搭公車時見到的景象，反映人類潛在逆境中堅韌求生存的本能與毅力，在時光列車中，能夠挺身如詩中的殘障者，堅持不讓自己碎裂，遭受人生的挫折而擊敗自己。

相對的，也提醒四肢健全的人們，能否給予關懷或讓座。另一方面，顯示了縱使是不良於行的殘障者，也都能夠不斷的奮力進取，堅定向上的鬥志，散發自我獨立的精神；反思著這首詩，令人感觸良深，人性的光芒有如獨角獸的一面良鏡，鑑照著人們。

在《私玩物》之〈鋼琴〉六行詩：

墓園裡
一群穿黑色禮服的人
正在舉行喪禮，手中捧著白花

雨的手指
打濕了黑色禮服
也敲落的白花

此詩畫面鮮活，以雨水的手指、黑白琴鍵的色調，來聆聽世間無盡新雨打落紅花、昨日黃花的…無邊感喟。入眼春日三月簷下，讓我念及目送母親最後一面的霎那。轉眼迄今，松柏比我還高，雨聲清美，時近，時朦朧，浮生瞬息的春花秋月，相偕謝幕星雲中。

此短短詩六行，卻令人緬懷其聲、形、意、貌、境與靜謐，皆為文字所囊括，屢屢使我不忍翻頁的共鳴所感悟，感悟時間裡消逝的人事景物。而人一生所努力的代價、方向、價值觀，究竟是什麼呢？在這種耐人尋味之間，再次深深的審思，以及無盡觀想的反芻著……。

在《私現象》之〈決裂〉六行詩：

桌上，有一連串狂亂
和咖啡杯爭執後，留下漬痕
咖啡杯的影子從咖啡杯上崩潰
重重的摔落於地面

地面，一灘碎了的影子裡有一雙眼睛
凝視了幾秒後就漸漸的闔上

此詩營造出具象的聲效、視覺。激烈的行進在〈決裂〉詩中，噴發出情感遭遇爭執、挫敗，甚至分離時的震撼張力，直擊人們對愛的悲慟景況，哀莫大於心死，猶如令讀者驚悸的決裂碎片。

末段「地面，一灘碎了的影子裡有一雙眼睛／凝視了幾秒後就漸漸的闔上」，那雙眼睜睜，遭受情感決裂的現象，有如玻璃扎進眼中的刺痛，實讓我有不忍對號入座的共感與震幅。

在《私領域》之〈地圖〉六行詩：

出發前
有人洗臉
五官全落在臉盆中
這時抬起頭來面向鏡子
鏡中的臉龐上
有一條清晰可見的路

此詩的地圖是以人臉上的「皺紋」刻畫出來的，象徵其一生的路線。「地圖」抑或可能是「地途」之意？首段寫的是浮海人世通往地獄前的準備，但經過滄桑的人事物試煉之後，出現的是「鏡中的臉龐上／有一條清晰可見的路」。

「路」是出口或入口？耐人探索，思其究竟何為？佈滿臉上，那一條條時光刻痕，是愛或執著？是怨懟？是人生觀正確的方向嗎？抑或種種令人一再揣摩的聯想空間？再深深探究其思維，鑽鑿出胸臆中許多問號，〈地圖〉一詩所省思的究竟是一座地球？或一紙國度？或一個家？或一位詩人的內在靈視對鏡子的觀照？

在《私食物》之〈花生湯〉四行詩：

在土地奮鬥的日子
人們是腳印
我們是被剝開的身體
在熱呼呼的溫泉裡漂浮

讀此首〈花生湯〉，可以設想詩人食用時，仍感念殷實的農人們充滿純樸鄉土風味的耕作成果。「我們是被剝開的身體／在熱呼呼的溫泉裡漂浮」，彷彿象徵了歷盡辛勞奉獻社會的平民或偉人，都難以不被「剝開身體」似的奉獻生命，如同「漂浮」的時光，終將如宇宙銀河中的星塵一般回歸於無形。

然而我們尚能夠有幸，手捧一碗「花生湯」，一碗「白米飯」的片刻，慢慢咀嚼，勢必會緩緩發酵汩流出回甘滋味的人生，並深深體恤旁人之辛勞的設想，受其所感念，而延續此生息相傳的樸實倫理與氣節。

在《私人像》之〈生卒不詳〉十行詩：

這樣的一個人
不居住在自己的歷史裡
偏偏放逐於歷史之外
而死在我們的歷史課本上

讀著他，用淚水沖洗他不清楚的

和我們一樣悲哀的面貌
天天讀著他，我的皮膚的殼
也裝著他，他在我的生命裡

夾死在歷史課本裡的一隻蝴蝶
生卒不詳

閱讀此詩有如閱讀不同膚色的流亡詩人們的名字，更甚者是「生卒不詳」，默默無名而生、無名而死，根本無從考據其生前。他們奉獻一己微弱如螻蟻的生命，捍衛著出生地的自由、和平……。

在詩中的第二段，詩人已從觀看「生卒不詳」者，轉為一已詩心的聲納，且在結尾的第三段寫出「夾死在歷史課本裡的一隻蝴蝶／生卒不詳」，而台灣亦曾經有蝴蝶王國的稱謂，或許，這其中有著台灣先人的隱喻，尚待連結及探究。

詩人一貫的只寫出內心感受，但變形的方式隱約浮現其中，卻不以批判的答案來論斷。此即為蘇紹連詩人的低調，表現出時時關懷社會歷史政事，卻又不干預的詩人立場。此詩頗能罡正「詩氣與屍氣」的區別，詩中有蕩氣迴腸的歷史情懷，又有尖銳審視的角度，縱使亡者生卒不詳，亦能挖掘出「逐於歷史之外」及「死在我們的歷史課本上」的真相。

※本文作者：冰夕，女，出生台北。二〇〇一年接觸詩，二〇〇二年三月發起《我們隱匿的馬戲班》「網路詩社群」迄今。個人部落格《閱夜．冰小夕》。目前擔任：《臺灣詩學．吹鼓吹詩論壇》分區總版、文編企劃；創作團體〈我們隱匿的馬戲班〉總版、〈東方詩學〉發起人。

蘇紹連寫作記事

一九四九年・生於台中縣沙鹿鎮。
一九六二年・畢業於沙鹿國民小學。
一九六五年・畢業於清水中學初中部。
一九六八年・與洪醒夫、蕭文煌籌組「後浪詩社」於台中市。
一九六九年・獲「教育廳學生文藝創作獎」大專組小說獎。
一九七〇年・畢業於台中師範專科學校。
一九七一年・與林煥彰、辛牧、喬林、施善繼、蕭蕭等共組「龍族詩社」。
一九七二年・重整「後浪詩社」，出版《後浪詩刊》共出十二期。
一九七三年・參加台中縣國語文競賽教師組作文第一名。
一九七四年・《後浪詩刊》改版易名為《詩人季刊》，共出十八期。
・獲「創世紀二十週年詩創作獎」。

一九七八年‧第一本詩集《茫茫集》由大昇出版社出版。
一九八〇年‧以《父親與我》作品獲第十六屆國軍文藝金像獎長詩銅像獎。
‧以《線索》作品獲聯合報小說獎極短篇獎。
一九八一年‧以《小丑之死》作品獲第四屆中國時報文學獎敘事詩佳作。
‧以《大開拓》作品獲第十七屆國軍文藝金像獎長詩銅像獎。
一九八二年‧以《雨中的廟》作品獲第五屆中國時報文學獎敘事詩優等獎。
一九八三年‧以《深巷》作品獲第六屆中國時報文學獎新詩評審獎。
一九八四年‧以《三代》作品獲第七屆中國時報文學獎新詩評審獎。
一九八六年‧兒童寫作指導專書《兒童樹》出版。
一九八八年‧以《童話的遊行》作品獲第十一屆中國時報文學獎新詩首獎。
一九八九年‧以《呼喊自己》詩輯獲台灣新聞報西子灣副刊文學獎新詩首獎。
一九九〇年‧以《童話遊行》詩集獲第十三屆中興文藝新詩類獎章
‧詩集《童話遊行》由尚書文化出版社出版。
‧詩集《驚心散文詩》由爾雅出版社出版。
‧詩集《河悲》由台中縣立文化中心出版。

・以《安莉的腳和樹的手》獲十七屆洪建全兒童文學獎童話優選。
・以《媽媽眼中的孩子》獲十七屆洪建全兒童文學獎童詩優選。

一九九一年・以《小孩與昆蟲的對話》獲聯合報文學獎新詩獎。

一九九二年・與向明、白靈、渡也、李瑞騰、蕭蕭、游喚、尹玲等八人籌辦「台灣詩學季刊」社。

一九九七年・獲台中縣文藝作家協會頒文鋒獎章。
・童詩集《雙胞胎月亮》由三民書局出版。
・獲一九九六年度詩選詩人獎。
・詩集《隱形或者變形》〔散文詩〕由九歌出版社出版。
・以《和一位詩人銅像相遇》詩作獲教育部文藝創作獎詩類第三名。

一九九八年・童詩集《行過老樹林》由三民書局出版。
・詩集《我牽著一匹白馬》由台中市立文化中心出版。
・以《世紀末台灣新戀曲》獲第二屆台灣文學獎現代詩佳作。
・設「台灣詩土・現代詩的島嶼」個人詩網站。

二〇〇〇年・設「Flash超文學」個人動態超文本網站。

二〇〇一年・詩集《台灣鄉鎮小孩》由九歌出版社出版。

二〇〇二年・獲台中市大墩文學獎貢獻獎。
二〇〇三年・設「台灣詩學、吹鼓吹詩論壇」網站，並擔任站長。
二〇〇四年・再度獲年度詩選（二魚文化出版）詩人獎。
・設「意象轟趴密室」個人部落格。
二〇〇五年・詩集《草木有情》由秀威資訊科技股份有限公司出版。
・《台灣詩學・吹鼓吹詩論壇》創刊，為半年刊，並擔任主編。
二〇〇七年・詩集《大霧》由台中市文化局出版。
・詩集《散文詩自白書》由唐山出版社出版發行。
二〇〇九年・詩集《私立小詩院》由秀威資訊科技股份有限公司出版。

國家圖書館出版品預行編目

私立小詩院 / 蘇紹連著 . -- 一版 . -- 臺北市
: 秀威資訊科技, 2009.07
面 ; 公分 . -- (語言文學類 ; PG0259)
BOD版
ISBN 978-986-221-250-9 (平裝)

851.486 98010727

語言文學類 PG0259

私立小詩院

作　　者 / 蘇紹連
發 行 人 / 宋政坤
執行編輯 / 黃姣潔
圖文排版 / 郭雅雯
封面設計 / fuhoren・蕭玉蘋
數位轉譯 / 徐真玉　沈裕閔
圖書銷售 / 林怡君
法律顧問 / 毛國樑　律師
出版印製 / 秀威資訊科技股份有限公司
台北市內湖區瑞光路583巷25號1樓
電話：02-2657-9211　傳真：02-2657-9106
E-mail：service@showwe.com.tw
經 銷 商 / 紅螞蟻圖書有限公司
台北市內湖區舊宗路二段121巷28、32號4樓
電話：02-2795-3656　傳真：02-2795-4100
http://www.e-redant.com

2009 年 7 月　BOD 一版
定價： 280 元

讀　者　回　函　卡

感謝您購買本書，為提升服務品質，煩請填寫以下問卷，收到您的寶貴意見後，我們會仔細收藏記錄並回贈紀念品，謝謝！

1.您購買的書名：________________________

2.您從何得知本書的消息？

□網路書店　□部落格　□資料庫搜尋　□書訊　□電子報　□書店

□平面媒體　□ 朋友推薦　□網站推薦　□其他__________

3.您對本書的評價：(請填代號　1.非常滿意 2.滿意 3.尚可 4.再改進)

封面設計____　版面編排____　內容____　文/譯筆____　價格____

4.讀完書後您覺得：

□很有收穫　□有收穫　□收穫不多　□沒收穫

5.您會推薦本書給朋友嗎？

□會　□不會，為什麼？________________________________

6.其他寶貴的意見：____________________________________

____

____

____

讀者基本資料

姓名：____________________　年齡：______　性別：□女　□男

聯絡電話：________________　E-mail：____________________

地址：____

學歷：□高中(含)以下　□高中　□專科學校　□大學

□研究所(含)以上　□其他______________

職業：□製造業　□金融業　□資訊業　□軍警　□傳播業　□自由業

□服務業　□公務員　□教職　□學生　□其他__________

請貼
郵票

To：114

台北市內湖區瑞光路 583 巷 25 號 1 樓

秀威資訊科技股份有限公司　　收

寄件人姓名：

寄件人地址：□□□

(請沿線對摺寄回,謝謝!)

秀威與 BOD

BOD（Books On Demand）是數位出版的大趨勢，秀威資訊率先運用 POD 數位印刷設備來生產書籍，並提供作者全程數位出版服務，致使書籍產銷零庫存，知識傳承不絕版，目前已開闢以下書系：

一、BOD 學術著作—專業論述的閱讀延伸
二、BOD 個人著作—分享生命的心路歷程
三、BOD 旅遊著作—個人深度旅遊文學創作
四、BOD 大陸學者—大陸專業學者學術出版
五、POD 獨家經銷—數位產製的代發行書籍

BOD 秀威網路書店：www.showwe.com.tw
政府出版品網路書店：www.*gov*books.com.tw

永不絕版的故事・自己寫・永不休止的音符・自己唱